AF494399

25 Avril 1898

Collection de **M. BERNARD**, de Lyon

TABLEAUX

ANCIENS

ARMES ANCIENNES

Européennes et Orientales

BRONZES, FAIENCES

EXPOSITION

HOTEL DROUOT — SALLE N° 3

Le Dimanche 24 Avril 1898

VENTE

Les Lundi 25 et Mardi 26 Avril 1898

COMMISSAIRE-PRISEUR

Mᵉ COUTANCEAU

Rue Sainte-Anne, 7

EXPERT

M. B. LASQUIN

Rue Laffitte, 12

PARIS — 1898

IMPRIMERIE MAULDE ET RENOU

MAULDE, DOUMENC & Cie

IMPRIMEURS DE LA COMPAGNIE DES COMMISSAIRES-PRISEURS

Rue de Rivoli, 144. — Paris

CATALOGUE

DES

TABLEAUX

Des différentes Écoles

ŒUVRES DE

**S. Bourdon, Brauwer, Paul Bril, G. de Crayer. Drolling
Gossaert, Gryf, Guérin. De Heem
Heemskerk, Van der Heyden, Lambrecht
C. Vanloo, P. Neefs, Van Nieulant, Van der Poel, Roehn, Senave
Jan Steen. Van Stry, E. Swebach, Teniers, J. Vernet
Vander Werff, Eugène Werboeckhoven, etc.**

AYANT FIGURÉ EN PARTIE A L'EXPOSITION RÉTROSPECTIVE DE LYON EN 1877

ARMES ANCIENNES

EUROPÉENNES ET ORIENTALES

Arquebuses et Pistolets à rouet. Arbalète richement incrustés
Pièces d'armures, Casques
Rapières, Dagues, Hallebardes des XVIe et XVIIe siècles, Épées de Cour
Beaux Fusils de chasse du XVIIIe siècle
Casques, Rondaches, Poignards persans, Fusils albanais
Yatagans en argent

BRONZES, OBJETS D'ART, FAIENCES

COMPOSANT LA COLLECTION

De M. BERNARD, de Lyon

DONT LA VENTE AURA LIEU

HOTEL DROUOT — SALLE N° 3

Les Lundi 25 et Mardi 26 Avril 1898

A DEUX HEURES

Me COUTANCEAU	M. B. LASQUIN
COMMISSAIRE-PRISEUR	EXPERT
Rue Sainte-Anne, 7	Rue Laffitte, 12

EXPOSITION PUBLIQUE

Le Dimanche 24 Avril 1898, de 1 heure 1/2 à 5 heures 1/2

CONDITIONS DE LA VENTE

Elle sera faite au comptant.

Les Acquéreurs paieront CINQ POUR CENT en sus des enchères.

L'Exposition ayant mis le public à même de se rendre compte de l'état des objets, il ne sera admis aucune réclamation, l'adjudication prononcée.

ORDRE DES VACATIONS

Le Lundi 25 Avril 1898, à 2 heures précises

ARMES EUROPÉENNES ET ORIENTALES

Le Mardi 26 Avril 1898, à 2 heures précises

FAIENCES, BRONZES,
OBJETS D'ART ET TABLEAUX.

N.-B. — *Les anciennes attributions de la collection des Tableaux ont été conservées au présent Catalogue.*

MAULDE, DOUMENC et Cie, imprimeurs de la Cie des Commissaires-Priseurs, rue de Rivoli, 144. 500—73639

DÉSIGNATION

TABLEAUX

BLARENBERG (VAN)

(XVIIIe siècle)

1-2 — Mêlée de cavalerie.

Deux pendants.

Toile : H. 0[m]28 ; L. 0[m]27.

BOURDON (SÉBASTIEN)

(1616-1671)

3 — Ulysse découvrant Astyanax dans le tombeau d'Hector. Episode du siège de Troie.

Ce tableau, gravé par Samuel Bernard, est décrit dans l'ouvrage de Gault de Saint-Germain, page 90, édition de 1808.

Toile : H. 1[m]52 ; L. 1[m]70.

BRAUWER (ADRIEN)

(1608)

4 — Personnage grotesque.

Un paysan, en buste, tenant une coupe et un flacon, vient d'avaler une drogue qui le fait grimacer.

Ce tableau a figuré à l'Exposition rétrospective de Lyon en 1877.

Panneau : H. 0[m]40 ; L. 0[m]36.

BRIL (Paul)

(Anvers 1556)

5 — Paysage avec baigneuses.

Panneau : H. 0^m48; L. 0^m72.

BROECK (Elie van der)

6 — Nature morte : Moules, Escargot, Orange, Raisins, etc.

Panneau : H. 0^m30 ; L. 0^m23.

CRAYER (Gaspard de)

7 — Saint Gérôme.

Panneau : H. 0^m65; L. 0^m50.

DIETRICH

(1712)

8 — La Reine de Saba visitant le temple de Salomon.
Signé.

DROLLING (Martin)

9 — Paysage avec figures.
Signé.

Panneau : H. 0^m11 ; L. 0^m16.

GOSSAERT (Attribué à Jean)

(École flamande 1470-1530)

10 — L'Adoration des Mages.

Panneau : H. 0^m54 ; L. 0^m33.

11 — Descente de Croix.

Panneau : H. 0^m53; L. 0^m29.

GRYFF (Adrien Le Jeune)

(xviie siècle)

12 — Groupe de gibier gardé par un chien.

Toile : H. 0m35; L. 0m45.

GUÉRIN (Le Baron)

(1774-1733)

13 — Philémon et Baucis recevant la visite de Jupiter et de Mercure.

Toile : H. 1m39; L. 1m50.

HEEM (Jean-David de)

14 — Nature morte et Fruits.

Signé du monogramme au milieu.

Cuivre : H. 0m 17; L. 0m 19

HEEMSKERK (Egbert van)

15 — Tabagie.

Signé du monogramme sur la table.

Panneau : H. 0m17; L. 0m22.

HELLEMANS (Pierre-Jean)

(1787)

16 — Paysage animé de figures et de bestiaux, avec vue du château de Laeken.

Signé et daté 1822.

Panneau : H. 0m51; L. 0m64.

HEYDEN (Van der)

(Bruxelles 1687)

17 — La Maison de campagne. Paysage animé de figures.

Signé.

INGANNI (Angelo)

18 — La Place du Dôme à Milan.

Signé et daté de 1848.

Toile : H. $0^{m}33$; L. $0^{m}40$.

JARDIN (Karel du)

(Amsterdam 1625-1678)

19 — Paysage avec animaux et figures.

Cuivre : H. $0^{m}38$; L. $0^{m}49$.

LAMBRECHT

(xviiie siècle)

20 — Buveurs.

Panneau : H. $0^{m}26$; L $0^{m}23$.

LONSING (F.-J.)

(Bruxelles 1743-1799)

21 — Portrait de l'artiste.

Toile : H. $0^{m}82$; L. $0^{m}65$.

LOO (Carle Van)

22 — Le Soldat de Marathon.

Ce tableau a figuré à l'Exposition rétrospective de Lyon, en 1877.

Toile : H. $1^{m}05$; L. $1^{m}35$.

NEEFS (PETER LE VIEUX)

(Anvers 1570-1631)

23 — La Délivrance de saint Pierre.

Signé des initiales, à droite, sous un pilier.

Cuivre : H. 0m22 ; L. 0m28.

NIEULANT (GUILLAUME VAN)

(Anvers 1584-1635)

24 — Tobie et l'Ange.

Signé en toutes lettres et daté au bas à gauche.

Panneau : H. 0m47 ; L. 0m81.

POEL (EGBERT VAN DER)

(1690)

25 — Effet de lumière.

Signé en toutes lettres.

Panneau : H. 0m26 ; L. 0m35.

ROEHN

(1840)

26 — Visite de l'archiduc Léopold d'Autriche à l'atelier de David Téniers, celui-ci peignant les Œuvres de Miséricorde.

Signé et daté 1840.

Toile : H. 0m71 ; L. 0m92.

REMILLIEUX (Élève de SAINT-JEAN)

(École lyonnaise)

27 — Chrysanthèmes dans un vase.

Signé et daté de 1844.

Toile : H. 0m50 ; L. 0m42.

SENAVE

28 — Intérieur de Cuisine.

Signé.

Toile : H. 0m22 ; L. 0m27.

STEEN (Jan)

(1629-1679)

29 — L'Œillet et le Rosier.

Une jeune femme assise sur le perron d'une maison, entre un œillet dans un pot de terre et un rosier, est occupée à coudre, pendant qu'un galant joue de la flûte près d'elle.

Signé en toutes lettres à gauche.

Toile : H. 0m50 ; L. 0m65.

STELLA

(1596-1657)

30 — Paysage avec Figures.

Toile : H. 0m42 ; L. 0m57.

VAN STRY

(1750-2815)

31 — Paysage avec Animaux.

Signé en toutes lettres à droite.

Toile : H. 0m60 ; L. 0m65.

SWEBACH (Édouard)

32 — Halte de Hussards.

Signé et daté 1822, à droite.

Toile : H. 0m35 ; L. 0m42

TÉNIERS

(Anvers 1644-1690)

33 — Les Singes barbiers.

Signé.

Cuivre : H. 0m24; L. 0m31.

TÉNIERS

34 — La Partie de Boules.

Sujet gravé par LE BAS.

Panneau : H. 0m47; L. 0m63.

TIÉPOLO

(1692-1769)

35 — Le Veau d'or.

Toile : H. 0m30; L. 0m40.

VERNET (JOSEPH)

(1714)

36 — Marine.

Toile : H. 0m24; L. 0m32.

WAGNER

(École lyonnaise)

37 — Tête d'Enfant.

Signé.

Toile : H. 0m41; L. 0m30.

WERF (ADRIEN VAN DER)

(1659-1722)

38 — La chaste Suzanne et les deux Vieillards.

Signé des initiales à gauche.

Panneau : H. 0m33; L. 0m41.

WERBOECKHOVEN (Eugène)

39 — Cheval gris près d'un Abreuvoir.

Signé et daté de 1849.

Ce tableau a figuré à l'Exposition rétrospective de Lyon, en 1877.

ÉCOLE HOLLANDAISE

40 — La Femme hydropique.

Panneau : H. 0^m30; L. 0^m37.

ÉCOLE ESPAGNOLE

41 — Le Baiser de Judas.

Toile : H. 0^m72; L. 0^m58.

ARMES EUROPÉENNES

42 — Belle Arbalète à monture en bois sculpté et incrusté d'ivoire et de nacre gravés à sujets de chasse, chars et figures allégoriques et portant la date 1723.

43 — Pistolet Henri II, à rouet, à monture richement incrustée d'ivoire et de nacre, à sujets de chasse, pommeau sphérique à entrelacs.

44 — Pistolet Henri II, à rouet, de travail analogue au précédent, le pommeau de celui-ci incrusté d'animaux.

45 — Paire de Pistolets Henri II, à rouet, montures incrustées d'ivoire, pommeaux lenticulaires.

46 — Paire de Pistolets Henri II, à rouet, pommeaux sphériques, incrustés d'ivoire, à médaillons, bustes, fruits et entrelacs.

47 — Petite Arquebuse à rouet, incrustée d'ivoire.

48 — Escopette à canon damasquiné d'argent, monture en bois sculpté incrusté d'argent.

49 — Escopette à monture incrustée de cuivre, canon damasquiné d'argent.

50 — Paire de Pistolets circassiens, monture en cuivre et argent, canons niellés.

51 — Paire de Pistolets turcs, à batteries et canons incrustés d'or, crosse en filigrane d'argent.

52 — Deux Éprouvettes.

53 — Paire de beaux Pistolets Louis XV, à ornements en fer finement ciselés.

54 — Paire de Pistolets Louis XV, montures sculptées, garnies d'argent, à armoiries, médaillons, guirlandes et mascarons.

55 — Paire de Pistolets portant le nom de Lazarino, garnis d'ornements en fer ciselé.

56 — Paire de Pistolets d'arçons, de Lazarino, garnis de fer ciselé.

57 — Trois petits Pistolets Louis XIV, garnis de cuivre, canons incrustés d'or.

58 — Paire de Pistolets Louis XV, garnis d'argent.

59 — Paire de Pistolets Louis XV, garnis de fer, à mascarons.

60 — Paire de Pistolets Louis XIV, garnis de fer ciselé, à mascarons, canons poinçonnés à la chèvre.

61 — Arquebuse à rouet, monture enrichie d'incrustations en ivoire et nacre, à branches fleuries et mascarons.

62 — Arquebuse allemande, batterie gravée, canon damasquiné, monture incrustée d'ivoire.

63 — Arquebuse pied de biche française à rouet, monture incrustée d'ivoire.

64 — Riche Fusil de chasse à canons superposés, garniture en argent ciselé, à armoiries, médaillons et ornements sur la crosse, la batterie et les canons.

65 — Fusil de chasse à deux coups, du XVIIIe siècle, canons incrustés d'or, batterie en fer gravé et monture en bois sculpté.

66 — Dos de cuirasse Henri II, en fer gravé, à bandes d'ornements et médaillons.

67 — Colletin Henri II, en fer gravé, à attributs guerriers.

68 — Chanfrein en fer gravé et repoussé, à larges bandes d'entrelacs et médaillons fleurdelisés.

69 — Corselet d'enfant Henri II, en fer gravé.

70 — Devant de cuirasse Henri II, en fer gravé, à figures, à bandes d'ornements en entrelacs.

71 — Bourguignotte, de travail analogue, portant des traces de dorure.

72-74 — Trois Cabassets en fer gravé à ornements fin XVIe siècle.

75 — Morion en fer gravé, à entrelacs dorés formant deux médaillons à figures de guerriers en pied, entourés d'attributs.

76 — Morion gravé à médaillons, bustes et bandes d'attributs et de feuillages.

77 — Morion gravé, analogue au précédent

78-79 — Deux Cabassets, l'un gravé à médaillons, bustes et bandes d'ornements, l'autre à figures religieuses.

80 — Mors en fer provenant d'un harnachement de tournoi.

81 — Petit Mors espagnol gravé.

82 — Mors Louis XIII, repercé à jour.

83 — Mors Louis XIV, en fer découpé et nœuds dorés.

84 — Gantelet d'armure, fer repoussé.

84 *bis* — Étrier de femme en fer gravé, Louis XIII.

85 — Deux Poires à poudre Louis XIII, en fer gravé et strié.

86 — Rondache de style Renaissance en fer gravé à bandes d'entrelacs.

87 — Belle Rapière Renaissance à garde à corbeille, quillons droits et fusée en fer ciselé et repercé à jour, à rinceaux de feuillages.

88 — Dague main gauche à garde repercée à jour, de travail analogue et accompagnant la Rapière qui précède.

89 — Rapière Renaissance, à garde et contre-garde en fer incrusté d'argent.

90 — Belle Rapière de style Renaissance, garde à corbeille, offrant un combat de cavaliers sur une bande circulaire, deux mufles de lions et un quadrillage ajouré.

91 — Rapière Renaissance à écussons fleurdelisés et mascarons, avec vestiges de dorure.

92 — Rapière espagnole à garde à corbeille ajourée offrant deux médaillons, sujets de batailles et deux bustes.

93 — Rapière Renaissance à garde ornée de deux médaillons ajourés avec bustes.

94 — Petite Rapière italienne, garde à corbeille à godrons.

95 — Rapière avec garde ajourée, à six médaillons de quadrillages.

96 — Rapière à lame flamboyante, garde ajourée.

97 — Épée Louis XIII, à garde ajourée et quadrillée, pommeau côtelé.

98 — Rapière allemande à médaillon, buste sur la garde repercée.

99 — Rapière de reître à garde repercée, avec son fourreau de cuir.

100 — Rapière Louis XIII, à garde et contre-garde unies, pommeau en spirale.

101-102 — Deux Claymores à pommeau en cuivre.

103 — Épée Louis XIII à garde ciselée et repercée à mascarons et feuillages.

104 — Rapière Louis XIII, lame au nom de Thomas Aiala.

105 — Rapière à corbeille repoussée à ramages et petits médaillons, têtes en argent.

106 — Rapière à garde contournée et ciselée.

107 — Rapière dauphinoise avec armoiries de deux maisons sur la garde à corbeille et le pommeau.

108 — Rapière Louis XIII à corbeille d'entrelacs, et ornements de fleurs.

109 — Rapière à garde à six branches.

110 — Petite Rapière italienne, garde à corbeille repercée et gravée.

111 — Rapière italienne à garde quadrillée à jour, portant des traces d'argenture.

112 — Rapière espagnole, garde à corbeille à dragons et repercée à jour.

113 — Petite Épée de duel ancienne.

114 — Dague en fer incrustée d'argent.

115 — Dague en fer incrustée d'or, pommeau côtelé.

116 — Petite Dague incrustée d'argent.

117 — Deux Dagues à poignées ciselées à balustres.

118 Deux petites Dagues italiennes à pommeaux et gardes ajourées

119 — Deux petites Dagues à poignées incrustées d'argent.

120 — Dague à quillons recourbés et pommeau à torsades.

121 — Trois petites Dagues à fusées contournées.

122 — Quatre petites Dagues diverses.

123-125 — Trois petits Poignards dont deux à garniture d'argent.

126 — Épée de cour, Louis XV, avec poignée et garde en argent ciselé à fleurs, fourreau en galuchat.

127 — Épée de cour Louis XVI, à poignée en argent doré, ciselé à taille de diamants, fourreau en galuchat.

128 — Épée de cour Louis XVI, à poignée et garde en argent repercé à jour et orné de torsades, avec fourreau en galuchat et bretelle en soie.

129 — Épée de cour Louis XVI, à poignée et garde en argent ciselé à médaillons de fleurs, fourreau en cuir.

130 — Épée de cour Louis XVI, en argent doré, ciselé à diamants, fourreau en galuchat.

131 — Épée de cour Louis XVI, à poignée et garde en argent repercé à quadrillages, fourreau en galuchat.

132 — Épée de cour Louis XV, en argent repercé avec torsades, fourreau en cuir.

133 — Épée de cour Louis XVI, garde en argent repercé à entrelacs, fourreau en galuchat.

134 — Épée de cour Louis XVI, à garde en argent repercé, fusée et pommeau ciselés à diamants, fourreau en galuchat.

135 — Épée de cour Louis XVI, à poignée et garde en argent ciselé à fleurs et attributs, fourreau en galuchat.

136 — Épée de cour Louis XVI, à garde et poignée en argent repercé à ornements réservés en losange, fourreau en galuchat.

137 — Épée de cour Louis XVI, à garde et pommeau en fer ciselé et doré, de travail tonkinois, fourreau en galuchat.

138-140 — Trois Épées de cour Louis XV et Louis XVI, avec poignées en argent ciselé à nervures en spirales.

141 — Épée d'enfant de l'époque Louis XV, à pommeau et garde en argent ciselé à attributs et ornements.

142 — Couteau de chasse Louis XV, à poignée en corne verte, garde en argent ciselé avec sa ceinture en cuir brodé d'argent.

143 — Beau Sabre courbe à large lame en damas, poignée en ivoire à crosse, le fourreau et la garde en fer repoussé et ciselé à ornements de rinceaux et palmettes, époque du premier Empire.

144 — Épée à garde à coquilles guillochées.

145 — Épée à quillons et pommeau rubannés en fer pointillé d'argent.

146 — Épée de style Louis XIV, à figures en relief.

147-149 — Trois petites Épées d'enfant, en fer.

150 — Épée de cour en acier taillé à pans.

151 — Couteau de chasse à tête de squelette.

152 — Petite Épée Louis XIII, incrustée d'argent.

153 — Épée Henri II, à garde frisée et pommeau repercés à jour et ciselés à tête de lions, mascarons et feuillage.

154 — Petite Épée Louis XIV, à garde et pommeau ciselés offrant des combats de cavaliers.

155 — Épée Louis XVI, à garde en fer et pommeau finement repercés à quadrillages.

156-157 — Deux Épées du XVIIe siècle, à gardes et pommeaux en fer repercé à jour.

158 — Épée Louis XV, en fer ciselé.

159-160 — Deux Épées de cour du XVIIe siècle, à poignées en fer damasquiné d'or, l'une ciselée à jour.

161 — Petite Épée Louis XV, en fer damasquiné d'argent.

162 — Petite Epée à garde ronde gravée et pointillée d'argent.

163 — Épée de théâtre en acier.

164 — Petite Épée Louis XVI, incrustée d'argent.

165 — Hallebarde dont le fer, repercé à jour et gravé, offre quatre têtes sur chaque face, prises dans la masse et ajourées.

166 — Hallebarde en fer gravé, à rinceaux terminés par des têtes, des oiseaux et des animaux.

167 — Petite Hallebarde avec fer découpé et gravé.

168 — Deux Hallebardes à larges fers, portant des traces de gravure.

169 — Petite Hallebarde avec fer ajouré et gravé, offrant un mascaron ciselé.

170 — Hallebarde à fer uni repercé trèfles.

171-174 — Quatre Espontons avec fers gravés, à ornements; deux portent des traces de dorure.

175 — Fauchard portant des traces de gravure et de dorure.

176 — Hache d'arme à large fer repercé à fleur de lis, croc et lance évidés, montés sur une hampe cannelée avec torsades.

177 — Lance de joute.

178 — Hache de corporation du XVIIe siècle, en fer découpé à jour et gravé, avec manche en bois sculpté à feuillages.

179 — Masse d'arme en fer.

180 — Poire à poudre lenticulaire en bois incrusté d'os.

ARMES ORIENTALES

181 — Cotte de mailles et Calotte de guerre à triples maillons rivés.

182 — Casque et Rondache persans en fer niellé d'argent.

183 — Casque sarrasin en acier, à ornements repercés et damasquinés d'or. Cotte de mailles enrichie de sequins.

184 — Deux Éperons persans incrustés d'argent.

185 — Éperon persan en fer ciselé et incrusté d'argent.

186 — Fusil de rempart albanais, à canon damasquiné d'or, crosse incrustée de nacre et de cuivre.

187 — Fusil persan à canon et batterie incrustés d'or, monture à ornements de cuivre et de nacre.

188 — Fusil albanais à batterie et canon incrustés d'or.

189 — Fusil chinois à mèche, canon damasquiné.

190 — Kandjar persan à poignée et fourreau en filigrane d'argent doré.

191 — Kandjar persan à manche en morse, fourreau en argent ciselé.

192 — Kriss malais à poignée et fourreau en argent ciselé.

193 — Petite épée indienne à monture et fourreau en cuivre doré et argenté.

194 — Poignard circassien à monture et fourreau en argent niellé et gravé.

195 — Katar indien à poignée en fer doré à ornements de fleurs et rosaces.

196 — Katar indien à poignée en fer doré, lame évidée.

197 — Autre Katar à poignée en fer damasquiné d'argent, lame évidée.

198-199 — Deux Sabres indiens à poignée en fer damasquiné d'or et d'argent à feuillages.

200-202 — Trois Yatagans dont deux à manches d'ivoire et gaines en argent ciselé, l'un doré.

203 — Petit Poignard turc, monture en filigrane avec grenats.

204-205 — Deux Poignards circassiens.

206-208 — Un Sabre et deux Poignards malais à fourreaux de cuir.

BRONZES ET OBJETS D'ART

209 — Statuette de Gladiateur combattant, bronze vert.

210-211 — Groupe de trois Figures et deux Statuettes Faunes et Bacchantes, bronze d'après CLODION.

212 — Groupe Énée et Anchise, bronze.

213 — Deux Statuettes des duellistes, en bronze argenté, de GUILLEMIN.

214 — Statuette de Galilée de D. MARIE, bronze argenté.

215 — Deux Statuettes Nymphe et Faune, bronze à patine brune.

216 — Deux Girandoles Louis XV, en bronze argenté.

217 — Levrette en bronze, de MÈNE.

218 — Tigre en bronze, de MÈNE.

219 — Brûle-Parfum en bronze japonais incrusté d'or, couvercle surmonté d'une figure.

220 — Vase balustre en bronze ancien du Japon, avec bandes d'émail cloisonné.

221 — Vase hexagone de travail, analogue.

222-223 — Deux Vases à couvercles, en bronze japonais, à ornements en relief, variés de décor.

224 — Statuette d'acteur, en bronze japonais.

225 — Deux grandes Grues en bronze du Japon.

226 — Buste, forme pagode, en bronze japonais.

227 — Deux petits Miroirs appliques, deux lumières, en cuivre.

228 — Plateau rond japonais, en fer gravé, incrusté d'or, à paysage.

229 — Deux seaux Louis XIV, n cuivre argenté.

230 — Quatre Brocs et Plats ou Assiettes en étain ancien.

231 — Plaque d'ivoire, bas-relief : deux Enfants sur une bascule, époque Louis XIII.

232 — Groupe de trois Figures ivoire japonais.

233 — Deux Plaques en émail en grisaille.

234-236 — Cinq Miniatures diverses.

237 — Deux Marmites italiennes en métal de cloche.

238 — Deux Chandeliers en cuivre, Louis XIII.

FAIENCES

239-241 — Trois Plats en faïence de Rhodes.

242-251 — Environ trente-six Pièces : Plats en ancienne faïence italienne, de Delft, Plats à reflets, etc.

252 — Potiche et deux Bouteilles, décor bleu.

253 — Broc genre Rouen.

254 — Buire à reflets métalliques.

255 — Vase à deux anses, faïence de Nove.

256 — Graud Vase faïence dorée.

257 — Coupe en poterie japonaise.

www.ingramcontent.com/pod-product-compliance
Ingram Content Group UK Ltd.
Pitfield, Milton Keynes, MK11 3LW, UK
UKHW020525180726
13839UKWH00005B/2309

9 782329 432892